D1440804

L'AMOUR DE LOIN

Amin Maalouf est l'auteur d'une importante œuvre romanesque. *L'Amour de loin* est son premier livret d'opéra.

AMIN MAALOUF

L'Amour de loin

LIVRET

GRASSET

À Peter Sellars

Composé par Kaija Saariaho sur un livret d'Amin Maalouf, l'opéra *L'Amour de loin* a été créé à Salzbourg en août 2000 dans une mise en scène de Peter Sellars, sous la direction musicale de Kent Nagano, et dans un décor de George Tsypin. Le rôle de Clémence était tenu par Dawn Upshaw, celui de Jaufré Rudel par Dwayne Croft, et celui du Pèlerin par Dagmar Peckova.

Production commune du Festival de Salzbourg, dirigé par Gérard Mortier, du Théâtre du Châtelet, dirigé par Jean-Pierre Brossmann, et de l'Opéra de Santa Fe, il a connu sa création française en novembre 2001 et sa création américaine en juillet 2002.

Le librettiste tient à manifester également sa reconnaissance aux nombreuses personnes qui l'ont accompagné au cours de cette aventure collective, notamment Jean-Baptiste Barrière, Ysabel Baudis, Betty Freeman, Michel Laval, Kathy Nellens, Alain Patrick Olivier, ainsi qu'Andrée, Ruchdi, Tarek et Ziad Maalouf.

DISTRIBUTION

JAUFRÉ RUDEL, *prince de Blaye et troubadour*
(baryton)
CLÉMENCE, *comtesse de Tripoli* (soprano)
LE PÈLERIN (mezzo-soprano)

Au XIIe siècle, en Aquitaine,
à Tripoli et en mer.

Acte I – Jaufré Rudel, prince de Blaye, s'est lassé de la vie de plaisirs des jeunes gens de son rang. Il aspire à un amour différent, lointain, qu'il est résigné à ne jamais voir satisfait. Ses anciens compagnons, en chœur, lui reprochent ce changement et le moquent. Ils lui disent que la femme qu'il chante n'existe pas. Mais un pèlerin, arrivé d'Outre-mer, affirme qu'une telle femme existe, et qu'il l'a rencontrée. Jaufré ne pensera plus qu'à elle.

Acte II – Reparti en Orient, le Pèlerin rencontre la comtesse de Tripoli, et lui avoue qu'en

Occident, un prince-troubadour la célèbre dans ses chansons en l'appelant son « amour de loin ». D'abord offusquée, la dame se met à rêver de cet amoureux étrange et lointain, mais elle se demande aussi si elle mérite une telle dévotion.

Acte III – *Premier tableau.* Revenu à Blaye, le Pèlerin rencontre Jaufré et lui avoue que la dame sait désormais qu'il la chante. Ce qui décide le troubadour à se rendre en personne auprès d'elle. *Second tableau.* Clémence, de son côté, semble préférer que leur relation demeure ainsi lointaine. Elle ne veut pas vivre dans l'attente, elle ne veut pas souffrir.

Acte IV – Parti en mer, Jaufré est impatient de retrouver son « amour de loin », mais en même temps il redoute cette rencontre. Il regrette d'être parti sur un coup de tête, et son angoisse est telle qu'il en tombe malade, de plus en plus malade à mesure qu'il s'approche de Tripoli. Il y arrive mourant…

Acte V – Quand le bateau accoste, le Pèlerin s'en va prévenir Clémence que Jaufré est là, mais qu'il est au plus mal, et qu'il demande à la voir. Le troubadour arrive à la citadelle de Tripoli inconscient, porté sur une civière. En présence de la femme qu'il a chantée, il reprend peu à peu ses esprits. Les deux « amants de loin » se rencontrent alors, et l'approche du malheur leur fait brûler les étapes. Ils s'avouent leur passion, se tiennent, promettent de s'aimer…

10

Quand Jaufré meurt dans ses bras, Clémence se révolte contre le Ciel, puis, s'estimant responsable du drame qui vient de se produire, elle décide d'entrer au couvent. La dernière scène la montre en prière, mais ses paroles sont ambiguës et l'on ne sait pas très bien qui elle prie à genoux, son Dieu lointain, ou bien son « amour de loin ».

PREMIER ACTE

Un petit château médiéval dans le sud-ouest de la France.

Assis sur un siège, Jaufré Rudel tient dans les mains un instrument de musique, une vièle, ou un luth arabe. Il est en train de composer une chanson. Il agence les paroles, les notes.

JAUFRÉ :

J'ai appris à parler du bonheur, à être heureux je n'ai point appris.

(Il fait « non » de la tête.)

À parler du bonheur j'ai appris, à être heureux point n'ai appris.

(Il fait « oui » de la tête.)

À parler du bonheur j'ai appris, à être heureux point n'ai appris.

J'ai vu un rossignol sur la branche, ses mots appelaient sa compagne.

Mes propres mots n'appellent que d'autres mots, mes vers n'appellent que d'autres vers.

Me diras-tu, rossignol…

(Il s'interrompt.)

Rossignol me diras-tu, rossignol…

(Il fait « oui ».)

Rossignol me diras-tu, rossignol…

LES COMPAGNONS EN CHŒUR :

Rossignol ne te dira rien !

JAUFRÉ :

Compagnons, laissez-moi finir !

LES COMPAGNONS :

Non, Jaufré, nous ne te laisserons pas,
écoute-nous.
Nous ne dirons que les paroles que nous
sommes venus dire,
Ensuite nous partirons, promis !
Tu ne nous verras plus…

JAUFRÉ :

Je ne vous demande pas de partir,
compagnons,

16

Je vous demande seulement de me laisser terminer mon couplet,
Je cherche un mot…

LES COMPAGNONS :

Si tu cherches un mot,
Tu le trouveras parmi ceux que nous
allons te dire.
Écoute-nous !

> *(Jaufré hausse les épaules, boudeur,
> et se met à gratter sur son instru-
> ment le même air, sans les paroles,
> qu'il mime seulement de ses lèvres,
> comme s'il les composait à mi-voix.
> Et lorsque ses compagnons en chœur
> commencent à le sermonner, il s'em-
> pare de leurs mots pour les mettre
> en musique. Parfois même il anti-
> cipe, tant il sait d'avance ce que le
> sens commun voudrait lui assener.)*

LES COMPAGNONS :

Jaufré, tu as changé, tu as perdu ta joie
Tes lèvres ne cherchent plus les goulots
des bouteilles
Ni les lèvres des femmes…

JAUFRÉ *(les imitant)* :

Jaufré, tu as changé,
Jaufré, tu as perdu ta joie,
Pourtant les tavernes d'Aquitaine
Se souviennent encore de tes rires
Ton nom reste gravé au couteau
Dans le bois sombre de leurs tables.

(Arrêtant de gratter son luth.)

Ai-je oublié quelque chose ?
Ah oui…

(Recommençant à jouer.)

Jaufré Rudel, rappelle-toi,
Les dames te regardaient avec terreur
Et les hommes avec envie…

(Arrêtant de gratter.)

Ou est-ce l'inverse que l'on disait ?

(Recommençant.)

Les hommes te regardaient avec terreur
Et les dames avec envie.

LES COMPAGNONS :

Moque-toi, Jaufré, moque-toi tant que
tu voudras,
Mais tu étais heureux chaque nuit et à
chaque réveil,
L'aurais-tu déjà oublié ?

JAUFRÉ :

Peut-être que j'étais heureux, compa-
gnons, oui, peut-être
Mais de toutes les nuits de ma jeunesse
Il ne me reste rien,
De tout ce que j'ai bu il ne me reste
Qu'une immense soif
De toutes les étreintes il ne me reste
Que deux bras maladroits.
Ce Jaufré-là que l'on a entendu brailler
dans les tavernes,
On ne l'entendra plus.
Ce Jaufré-là qui chaque nuit pesait son
corps sur la bascule d'un corps de femme,
On ne le verra plus…

LES COMPAGNONS :

Ainsi tu ne veux plus jamais tenir aucune
femme dans tes bras !

JAUFRÉ :

La femme que je désire est si loin, si
loin,
Que jamais mes bras ne se refermeront
autour d'elle.

LES COMPAGNONS *(moqueurs)* :

Où est-elle donc, cette femme ?

JAUFRÉ *(songeur, absent)* :

Elle est loin, loin, loin.

LES COMPAGNONS :

Qui est-elle, cette femme ?
Comment est-elle ?

JAUFRÉ :

Elle est gracieuse et humble et vertueuse
et douce,
Courageuse et timide, endurante et fragile,
Princesse à cœur de paysanne, paysanne
à cœur de princesse,
D'une voix ardente elle chantera mes
chansons…

(Pendant que Jaufré énumère ainsi les qualités supposées de la femme lointaine, un homme à l'allure imposante fait son entrée, s'appuyant sur un bâton de pèlerin, portant un long manteau sans manches. Il contemple avec bienveillance le troubadour, qui ne le voit pas encore, et qui poursuit sa litanie.)

JAUFRÉ :

Belle, sans l'arrogance de la beauté,
Noble, sans l'arrogance de la noblesse,
Pieuse, sans l'arrogance de la piété…

LES COMPAGNONS :

Cette femme n'existe pas, dis-le-lui,
Pèlerin,
Toi qui as parcouru le monde, dis-le-lui !
Cette femme n'existe pas !

LE PÈLERIN *(sans se presser)* :

Peut-être bien qu'elle n'existe pas
Mais peut-être bien qu'elle existe.
Un jour, dans l'Outre-mer, j'ai vu passer une dame…

(Jaufré et le chœur se tournent vers lui et s'accrochent à ses lèvres pendant qu'il reprend calmement son récit.)

C'était à Tripoli, près de la Citadelle. Elle passait dans la rue pour se rendre à l'église, et soudain il n'y avait plus qu'elle…

Les conversations sont tombées, les regards se sont tous envolés vers elle comme des papillons aux ailes poudreuses qui viennent d'apercevoir la lumière.

Elle-même marchait sans regarder personne, ses yeux traînaient à terre devant elle comme à l'arrière traînait sa robe.

Belle sans l'arrogance de la beauté, noble sans l'arrogance de la noblesse, pieuse sans l'arrogance de la piété…

JAUFRÉ *(demeure un moment sans voix, et quand il parle à nouveau, c'est seulement pour dire)* :

Parle-moi encore, l'ami,
Parle-moi,
Parle-moi d'elle…

LE PÈLERIN :

Que veux-tu que je dise ?
Je t'ai déjà tout dit,

Nous étions près de la Citadelle,
C'était le dimanche de Pâques,
Elle s'appelle…

JAUFRÉ :

Non, attends, ne me dis pas son nom !
Pas encore !
Dis-moi d'abord quelle couleur ont ses
yeux.

LE PÈLERIN *(pris de court)* :

Ses yeux… Ses yeux…
Je ne l'ai pas observée d'assez près…

JAUFRÉ *(regardant au loin)* :

Ses yeux ont la couleur de la mer lorsque
le soleil vient juste de se lever, et que l'on
regarde vers le couchant les ténèbres qui
s'éloignent…

LE PÈLERIN *(cherchant à le ramener sur terre)* :

Jaufré, mon ami…

LES COMPAGNONS :

Jaufré, Jaufré Rudel,
Ta barque s'éloigne du rivage
Ton esprit dérive…

*(Mais le troubadour, tout à son rêve,
ne les écoute pas.)*

JAUFRÉ :

Et ses cheveux ?

*(Cette fois encore, le Pèlerin fait
mine de protester, mais Jaufré
enchaîne, sans même avoir repris
son souffle.)*

JAUFRÉ *(avec conviction)* :

Ses cheveux sont si noirs et soyeux
que la nuit on ne les voit plus, on les
entend seulement comme un murmure de
feuillages…

LE PÈLERIN *(ne songeant plus à le contredire)* :

Sans doute…

JAUFRÉ :

Et ses mains, ses mains lisses, s'écoulent comme l'eau vive

Je les recueille dans mes paumes ouvertes et je me penche au-dessus d'elles

Comme au-dessus d'une fontaine pour boire les yeux fermés…

> *(Pendant que Jaufré parle ainsi à lui-même, et se construit une amante imaginaire, son visiteur, désemparé, se retire sur la pointe des pieds. Les compagnons aussi se sont éclipsés.)*

JAUFRÉ *(seul, grattant parfois son luth)* :

Et ses lèvres sont une autre source fraîche,

Qui sourit et murmure les mots qui réconfortent

Et qui s'offre à l'amant assoiffé…

Et son corsage…

Dis-moi, l'ami, comment était-elle habillée ?

> *(Constatant que le Pèlerin est sorti, il demeure silencieux un long moment, au cours duquel il passe*

de l'exaltation à la mélancolie. Puis
il reprend son monologue.)

Qu'as-tu fait de moi, Pèlerin ?

Tu m'as fait entrevoir la source à laquelle
je ne boirai jamais,

Jamais la dame lointaine ne sera à moi,
mais je suis à elle, pour toujours, et je ne
connaîtrai plus aucune autre.

Pèlerin, qu'as-tu fait de moi ?

Tu m'as donné le goût de la source
lointaine

À laquelle jamais jamais

Je ne pourrai me désaltérer.

DEUXIÈME ACTE

*Un jardin dans l'enceinte de la Cita-
delle où résident les comtes de Tripoli.*

*Clémence est sur un promontoire. Elle
cherche à discerner quelque chose, au
loin, du côté de la mer, et lorsque le Pèlerin passe non loin de là, elle l'interpelle.*

CLÉMENCE :

Homme de bien, dites-moi !

LE PÈLERIN *(qui cherchait à passer inaperçu, et qui se retourne lentement vers elle)* :

Est-ce moi que vous appelez, comtesse ?

CLÉMENCE :

Ce bateau qui a accosté tout à l'heure,
Sauriez-vous d'où il vient ?

LE PÈLERIN :

J'étais sur ce bateau, noble dame,
Et je venais justement à la Citadelle
Souhaiter longue vie au comte votre frère,
Et aussi à vous-même.
Nous avions embarqué à Marseille.

CLÉMENCE :

Et avant Marseille, Pèlerin,
D'où étiez-vous parti ?

LE PÈLERIN :

De Blaye, en Aquitaine, un petit bourg,
Vous ne devez pas le connaître…

CLÉMENCE *(sans le regarder)* :

Votre pays a-t-il mérité
Que vous l'abandonniez ainsi ?
Vous a-t-il affamé ?
Vous a-t-il humilié ?
Vous a-t-il chassé ?

LE PÈLERIN :

Rien de tout cela, comtesse
J'y ai laissé les êtres les plus chers
Mais il fallait que je parte Outre-mer
Que j'aille contempler de mes yeux
Ce que l'Orient renferme de plus étrange,
Constantinople, Babylone, Antioche,
Les océans de sable,
Les rivières de braise,
Les arbres qui pleurent des larmes d'encens,

Les lions dans les montagnes d'Anatolie
Et les demeures des Titans.

(Un temps.)

Et il fallait surtout surtout
Que je connaisse la Terre Sainte.

CLÉMENCE *(s'adressant à lui, mais également au Ciel, ainsi qu'à elle-même)* :

Tant de gens qui rêvent de venir en Orient,
Et moi qui rêve d'en partir.
À l'âge de cinq ans j'ai quitté Toulouse,
Et depuis, rien ne m'a consolée.
Chaque bateau qui accoste me rappelle mon propre exil
Chaque bateau qui s'éloigne me donne le sentiment d'avoir été abandonnée.

LE PÈLERIN :

Tripoli est à vous, pourtant, elle appartient à votre noble famille. Et ce pays est maintenant le vôtre. C'est ici que sont enterrés vos parents.

CLÉMENCE :

Ce pays est à moi ? Peut-être. Mais moi, je ne suis pas à lui.

J'ai les pieds dans les herbes d'ici, mais toutes mes pensées gambadent dans des herbes lointaines.

Nous rêvons d'outre-mer l'un et l'autre, mais votre outre-mer est ici, Pèlerin, et le mien est là-bas.

Mon outre-mer à moi est du côté de Toulouse où résonnent toujours les appels de ma mère et mes rires d'enfant.

Je me souviens encore d'avoir couru pieds nus dans un chemin de pierre à la poursuite d'un chat.

Le chat était jeune, il est peut-être encore en vie, et se souvient de moi.

Non, il doit être mort, ou bien il m'a oubliée, comme m'ont oubliée les pierres du chemin.

Je me souviens encore de mon enfance mais rien dans le monde de mon enfance ne se souvient de moi.

Le pays où je suis née respire encore en moi, mais pour lui je suis morte.

Que je serais heureuse si un seul muret, si un seul arbre, se rappelait de moi.

LE PÈLERIN *(après un long silence d'hésitation)* :

Un homme pense à vous.

CLÉMENCE *(qui avait parlé pour elle-même, oubliant presque la présence du Pèlerin, et qui revient lentement à la réalité)* :

Qu'avez-vous dit ?

LE PÈLERIN :

Un homme pense à vous quelquefois.

CLÉMENCE :

Quel homme ?

LE PÈLERIN :

Un troubadour.

CLÉMENCE :

Un troubadour ? Quel est son nom ?

LE PÈLERIN :

On l'appelle Jaufré Rudel. Il est également prince de Blaye.

CLÉMENCE *(feignant l'indifférence)* :

Jaufré… Rudel… Il m'aurait sans doute aperçue jadis lorsque j'étais enfant…

LE PÈLERIN :

Non, il ne vous a jamais vue… paraît-il.

CLÉMENCE *(troublée)* :

Mais alors comment pourrait-il me connaître ?

LE PÈLERIN :

Un voyageur lui a dit un jour que vous étiez
Belle sans l'arrogance de la beauté,
Noble sans l'arrogance de la noblesse,
Pieuse sans l'arrogance de la piété.
Depuis, il pense à vous sans cesse… paraît-il.

CLÉMENCE :

Et il parle de moi dans ses chansons ?

LE PÈLERIN :

Il ne chante plus aucune autre dame.

CLÉMENCE :

Et il… il mentionne mon nom, dans ses
chansons ?

LE PÈLERIN :

Non, mais ceux qui l'écoutent savent
qu'il parle de vous.

CLÉMENCE *(désemparée, et soudain irritée)* :

De moi ? Mais de quel droit parle-t-il de
moi ?

LE PÈLERIN :

C'est à vous que Dieu a donné la beauté,
comtesse,

Mais pour les yeux des autres.

CLÉMENCE :

Et que dit ce troubadour ?

LE PÈLERIN :

Ce que disent tous les poètes, que vous
êtes belle et qu'il vous aime.

CLÉMENCE *(outrée)* :

Mais de quel droit, Seigneur, de quel droit ?

LE PÈLERIN :

Rien ne vous oblige à l'aimer, comtesse
Mais vous ne pouvez empêcher qu'il
vous aime de loin.
Il dit d'ailleurs dans ses chansons
Que vous êtes l'étoile lointaine,
Et qu'il se languit de vous sans espoir
de retour.

CLÉMENCE :

Et que dit-il d'autre ?

LE PÈLERIN :

Je n'ai pas bonne mémoire… Il y a
cependant
Une chanson qui dit à peu près ceci :
« Jamais d'amour je ne jouirai
Si je ne jouis de cet amour de loin
Car plus noble et meilleure je ne connais
En aucun lieu ni près ni loin
Sa valeur est si grande et si vraie

Que là-bas, au royaume des Sarrasins
Pour elle, je voudrais être captif. »

CLÉMENCE *(qui a les larmes aux yeux)* :

Ah Seigneur, et c'est moi qui l'inspire.

LE PÈLERIN *(poursuivant sur le même ton)* :

« Je tiens Notre Seigneur pour vrai
Par qui je verrai l'amour de loin
Mais pour un bien qui m'en échoit
J'ai deux maux, car elle est si loin
Ah que je voudrais être là-bas en pèlerin
Afin que mon bâton et mon esclavine
Soient contemplés par ses yeux si beaux. »

CLÉMENCE *(continuant à feindre le détachement, mais les tremblements de sa voix la trahissent)* :

Vous rappelez-vous d'autres vers encore ?

LE PÈLERIN :

« Il dit vrai celui qui me dit avide
Et désirant l'amour de loin
Car aucune joie ne me plairait autant
Que de jouir de cet amour de loin
Mais ce que je veux m'est dénié
Ainsi m'a doté mon parrain

Que j'aime et ne suis pas aimé…»
Et il dit bien d'autres choses encore dont je ne me souviens plus…

CLÉMENCE *(qui voudrait se montrer moins secouée qu'elle ne l'est)* :

Si vous voyez un jour cet homme, dites-lui… dites-lui…

LE PÈLERIN :

Que devrai-je lui dire ?

CLÉMENCE :

Non, rien, ne lui dites rien.

> *(Elle se détourne, et le Pèlerin préfère se retirer sans un mot. Se retrouvant seule, elle se met à chanter quelques vers parmi ceux que le Pèlerin lui avait récités. Mais elle les chante en occitan.)*

CLÉMENCE :

«Ja mais d'amor no.m gauzirai
Si no m gau d'est'amor de loing,
Que gensor ni meillor non sai
Vas nuilla part, ni pres ni loing…»

(Le Pèlerin, dissimulé derrière une colonne, l'observe et l'écoute à son insu. Puis il s'éloigne, tandis qu'elle-même se reprend.)

CLÉMENCE :

Si ce troubadour me connaissait, m'aurait-il chantée avec tant de ferveur ?

M'aurait-il chantée s'il avait pu sonder mon âme ?

Belle sans l'arrogance de la beauté, lui a-t-on dit…

Belle ? Mais regardant sans cesse autour de moi pour m'assurer qu'aucune autre femme n'est plus belle !

Noble sans l'arrogance de la noblesse ? Mais je convoite à la fois les terres d'Occident et les terres d'Orient, comme si la Providence avait une dette envers moi !

Pieuse sans l'arrogance de la piété ? Mais je me pavane dans mes plus beaux vêtements sur le chemin de la messe, puis je m'agenouille dans l'église, l'esprit vide !

Troubadour, je ne suis belle
Que dans le miroir de tes mots.

TROISIÈME ACTE

PREMIER TABLEAU

Au château de Blaye.

JAUFRÉ :

Pèlerin, Pèlerin, dis-moi avant toute chose, l'as-tu vue ?

LE PÈLERIN :

Oui, mon bon prince, je l'ai vue.

JAUFRÉ :

Ah, tu as plus de chance que moi, je suis jaloux de tes yeux, et maintenant que je t'en parle, tu la revois encore, avoue-le.

LE PÈLERIN :

Oui, quand tu me parles d'elle, je la revois.

JAUFRÉ :

Alors dis-moi, comment est-elle ?

LE PÈLERIN :

Elle est comme je te l'ai décrite vingt
fois déjà, si ce n'est cinquante.
Jaufré, peut-être... peut-être devrais-tu
y penser un peu moins.

JAUFRÉ *(explosant)* :

Moins ?

LE PÈLERIN :

Oui, moins ! Tu devrais songer un peu
moins à cette dame lointaine, et prêter plus
d'attention à ton fief, et aux bonnes gens
qui t'entourent. Tu ne sors plus de ton château, tu ne parles plus qu'à ton luth. Tout
le monde au pays te croit fou.

JAUFRÉ :

Et toi aussi, mon ami, tu le crois ?

LE PÈLERIN :

Quand on dit à un homme « tu es fou »,
c'est qu'on ne le pense pas. Quand on

pense qu'il l'est, on se contente de le plaindre en cachette.

JAUFRÉ (s'adoucissant aussi subitement qu'il s'était enflammé) :

Pourtant je suis bien fou, Pèlerin, par Notre Seigneur je suis fou.

Depuis que tu m'as parlé d'elle plus rien d'autre n'occupe mon esprit.

La nuit, dans mon sommeil, apparaît ce visage si doux aux yeux de mer qui me sourit et je me dis que c'est elle, alors que je ne l'ai jamais vue.

Puis, au matin, je me lamente dans mon lit de ne pas avoir su la caresser, ni la retenir.

N'est-ce pas cela, la folie, Pèlerin ?

Et dire qu'elle, là-bas, au loin, ne se doute de rien !

LE PÈLERIN (qui l'a observé jusque-là avec un mélange de fascination et de compassion, et qui, après longue hésitation, se décide enfin à parler) :

Jaufré, elle sait.

> (Un silence pesant, de tout le poids du destin qui s'abat sur les hommes, puis…)

45

JAUFRÉ :

Que dis-tu, Pèlerin ?

LE PÈLERIN :

J'ai dit : elle sait.

JAUFRÉ :

Elle sait quoi ?

LE PÈLERIN :

Elle sait tout ce qu'elle devait savoir.
Que tu es poète et que tu chantes sa beauté.

JAUFRÉ :

Comment l'a-t-elle appris ?

LE PÈLERIN :

Elle m'a interrogé, et je lui ai répondu.

JAUFRÉ :

Pourquoi ? Pourquoi m'as-tu fait cela ?

LE PÈLERIN :

Je ne voulais pas lui mentir. Du moment
que tout le monde connaît le nom de celle

46

que tu chantes, de quel droit le lui cacher à elle ?

JAUFRÉ *(sous le choc)* :

Elle sait !

LE PÈLERIN :

Si tu l'aimes, tu lui dois la vérité. J'ai fait ce que tu aurais fait à ma place…

JAUFRÉ :

Elle sait !

LE PÈLERIN :

Elle l'aurait appris tôt ou tard, et par une bouche malveillante !

JAUFRÉ *(sortant peu à peu de son hébétude)* :

Que sait-elle au juste ? Lui as-tu dit mon nom ?

LE PÈLERIN :

Oui, elle sait maintenant ton nom, et que tu es prince et troubadour.

JAUFRÉ :

Lui as-tu dit que je l'aimais ?

LE PÈLERIN :

Comment aurais-je pu ne pas le lui dire ?

JAUFRÉ :

Malheureux ! Et comment a-t-elle pris la chose ?

LE PÈLERIN :

Au début, elle me parut offensée.

JAUFRÉ :

Offensée ?

(Il en est lui-même offensé.)

LE PÈLERIN :

Ce n'était qu'une première réaction, la pudeur d'une noble dame qu'un homme chante à son insu. Mais aussitôt après, elle se montra résignée.

JAUFRÉ :

Résignée ?

(Il paraît tout aussi offensé.)

LE PÈLERIN :

Je veux dire qu'elle finit par comprendre que ton attitude était celle d'un homme d'honneur, languissant mais respectueux. Je crois même qu'elle en fut flattée…

JAUFRÉ :

Flattée ?
Elle qui est tout en haut, au-dessus des cimes, flattée ?
Offensée, résignée, flattée, que de paroles malencontreuses s'agissant d'elle !
Ah, Pèlerin, Pèlerin, jamais tu n'aurais dû me trahir !

(Le Pèlerin s'apprête à protester encore, mais son ami ne lui en laisse pas le temps.)

JAUFRÉ :

Lui as-tu récité mes poèmes ?

LE PÈLERIN :

Je n'ai pas si bonne mémoire, je lui ai chantonné à peu près…

JAUFRÉ *(criant presque de rage)* :

À peu près ! Que veux-tu dire par « à peu près » ? Je passe mes journées et mes nuits à composer mes chansons, chaque note et chaque rime doivent passer l'épreuve du feu, je me déshabille et me rhabille vingt fois, trente fois, avant de trouver le mot juste qui de toute éternité était là, suspendu dans le ciel, à attendre sa place. Et toi, tu les as récités « à peu près » ? Tu les as « chantonnés à peu près » ? Malheureux ! Malheureux ! Comment peux-tu me trahir ainsi et te prétendre ensuite mon ami ?

LE PÈLERIN *(froissé)* :

Peut-être ferais-je mieux de m'en aller.

JAUFRÉ *(qui a du remords)* :

Non, attends, pardonne-moi !
Tout ce qui arrive m'a secoué les sangs.
Pardonne-moi, mon ami, je ne te laisserai pas partir fâché.

S'il est un homme en ce bas monde qui a des droits sur moi, c'est toi seul, Pèlerin, mon ami, qui le premier m'as parlé d'elle.

Mais ce que tu dis me bouleverse, parce que je ne pourrai plus penser à elle sans penser qu'elle aussi me regarde de loin.

Il m'était doux de la contempler à loisir sans qu'elle me voie.

Il m'était facile de composer mes chansons, puisqu'elle ne les entendait pas.

À présent, à présent…

(Il réfléchit longuement.)

À présent il faudra qu'elle les entende de ma bouche

Oui, de ma bouche et de nulle autre.

Si elle rosit en écoutant ma chanson, je veux la voir rosir

Si elle tressaille, je veux la voir tressaillir

Si elle soupire, je veux l'entendre soupirer

Elle n'est plus aussi lointaine maintenant, et tu peux… tu peux même me chuchoter son nom.

LE PÈLERIN :

Clémence, elle se prénomme Clémence.

JAUFRÉ :

Clémence, Clémence, comme le Ciel
est clément !

Clémence, la mer clémente va se refer-
mer devant moi, pour que je puisse la franchir à pied sec jusqu'au pays où tu respires.

SECOND TABLEAU

À Tripoli, sur la plage.
Clémence se promène. Elle tourne
le dos à la Citadelle, et le visage
vers la mer. Des femmes tripoli-
taines la suivent à distance. Elle
reprend et poursuit la chanson de
Jaufré entamée à la fin du deuxième
acte.

CLÉMENCE :

« Ben tenc lo Seignor per verai
Per q'ieu veirai l'amor de loing ;
Mas per un ben que m'en eschai,
N'ai dos mals, car tant m'es de loing…
Ai ! car me fos lai peleris
Si que mos fustz e mos tapis
Fos pelz sieus bels huoills remiratz !

Ver ditz qui m'appela lechai
Ni desiran d'amor de loing,
Car nuills autre jois tant no.m plai
Cum jauzimens d'amor de loing
Mas so q'eu vuoill m'es tant ahis
Q'enaissi.m fadet mos pairis
Q'ieu ames e non fos amatz ! »

LE CHŒUR DES TRIPOLITAINES :

Voilà qu'elle se laisse prendre aux filets
de ce troubadour

Elle chante ses chansons, elle se sent
flattée

Mais quel fruit peut porter l'amour de
loin ?

Ni bonne compagnie, ni douce étreinte,

Ni noces, ni terres, ni enfants,

Quel fruit peut donc porter l'amour de
loin ?

Il va seulement éloigner d'elle ceux qui
convoitent sa main

Le prince d'Antioche et l'ancien comte
d'Édesse… *(chuchotant)*

Et même dit-on, dit-on, le fils du basi-
leus…

UNE VOIX DANS LA FOULE :

Vous toutes qui la blâmez
Que vous ont apporté vos hommes si proches ?
Princes ou serviteurs ils font de vous leurs servantes.
Quand ils sont près de vous, vous souffrez et quand ils s'en vont vous souffrez encore...

CLÉMENCE :

Tu as dit vrai, ma fille, mon amie,
Bénie sois-tu ! Bénie sois-tu !

LE CHŒUR DES TRIPOLITAINES :

Parce que vous, comtesse, vous ne souffrez pas ?
Vous ne souffrez pas d'être si loin de celui qui vous aime ?
De ne pas deviner dans son regard s'il vous désire encore ?
Vous ne souffrez pas de ne même pas savoir à quoi ressemble son regard ?
Vous ne souffrez pas de ne jamais pouvoir fermer les yeux en sentant ses bras qui vous enveloppent et vous attirent contre sa poitrine ?

Vous ne souffrez pas de ne jamais jamais sentir son souffle sur votre peau ?

CLÉMENCE *(comme étonnée)* :

Non, par Notre Seigneur, je ne souffre pas

Peut-être qu'un jour je souffrirai mais par la grâce de Dieu, non, je ne souffre pas encore

Ses chansons sont plus que des caresses, et je ne sais si j'aimerais l'homme comme j'aime le poète

Je ne sais si j'aimerais sa voix autant que j'aime sa musique

Non, par Notre Seigneur, je ne souffre pas

Sans doute je souffrirais si j'attendais cet homme et qu'il ne venait pas

Mais je ne l'attends pas

De savoir que là-bas, au pays, un homme pense à moi,

Je me sens soudain proche des terres de mon enfance.

Je suis l'outre-mer du poète et le poète est mon outre-mer

Entre nos deux rives voyagent les mots tendres

Entre nos deux vies voyage une musique…

Non, par Notre Seigneur, je ne souffre pas

Non, par Notre Seigneur, je ne l'attends pas

Je ne l'attends pas…

(Rideau)

QUATRIÈME ACTE

Sur le bateau qui porte Jaufré vers l'Orient.

Le jour commence à tomber mais il ne fait pas encore sombre. La couleur de la mer tire sur l'indigo. Elle est calme.

JAUFRÉ *(débordant de vie)* :

Me croiras-tu, Pèlerin,
C'est la première fois que je pose les pieds sur l'eau.
Je vis depuis toujours au voisinage de la mer
Je vois les mariniers, les pèlerins, les marchands, partir et revenir ou ne plus revenir,
J'ai chanté avec eux, j'ai écouté leurs histoires,
Mais c'est la première fois que je pose les pieds sur l'eau...

LE PÈLERIN *(étendu)* :

Pour moi, c'est la dixième traversée, ou la douzième
Mais c'est chaque fois la première fois...

Au commencement, chaque fois, le ver-
tige,
Le corps plié, la bouche amère
En ces instants-là je me promets de ne
jamais jamais plus entreprendre la mer.
Puis lentement je ressuscite
Je me laisse envahir par l'immensité du
ciel et par l'odeur des vagues,
Mon esprit déjà sur l'autre rive…

JAUFRÉ *(de plus en plus exalté)* :

Jamais auparavant je n'avais eu envie
de m'embarquer.
Mais au bout du voyage il y a mainte-
nant Tripoli
Au bout du voyage il y a Clémence
Il y a ma seconde naissance
L'eau du baptême sera profonde et froide
Au bout du voyage commencera ma vie.

LE PÈLERIN *(las)* :

D'ici là, tu devrais te reposer un peu.

JAUFRÉ *(qui continue à s'agiter, et se penche au-
dessus de l'eau)* :

Pèlerin, sais-tu pourquoi la mer est bleue ?

LE PÈLERIN :

Parce qu'elle est le miroir du ciel.

JAUFRÉ :

Et le ciel, pourquoi est-il bleu ?

LE PÈLERIN :

Parce qu'il est le miroir de la mer !
Mais tu devrais t'étendre comme moi,
Jaufré,
La traversée sera longue…

> *(À contrecœur, Jaufré accepte de se coucher. La nuit est plus noire, à présent, et la mer est de plus en plus houleuse. Au milieu de la nuit, il fait un rêve et se réveille en sursaut.)*

JAUFRÉ :

Je l'ai vue, Pèlerin, je l'ai vue comme je te vois !

LE PÈLERIN *(toujours aussi las, et ensommeillé)* :

Jaufré, tu ne me vois pas, et moi non plus je ne te vois pas
Il fait nuit noire et tu as rêvé !

JAUFRÉ :

Elle était ici, et son corps et son visage et sa robe blanche illuminaient la nuit.

Elle chantait une chanson que j'ai écrite pour elle.

(Le rêve se matérialise sur scène pendant que Jaufré le raconte au Pèlerin. On voit Clémence en robe blanche avancer vers la mer en faisant signe à Jaufré de la suivre, et on l'entend chanter :

« Ton amour occupe mon esprit
Dans la veille et dans le songe
Mais c'est le songe que je préfère
Car dans le songe tu m'appartiens ! »

En se souvenant de son rêve, Jaufré chante, lui aussi, le même couplet :

« D'aquest amor suy cossiros
Vellan e pueys somphan dormen,
Quar lai ay joy meravelhos,
Per qu'ieu la jau jauzitz jauzen… »)

JAUFRÉ :

Lorsque je l'ai regardée dans les yeux elle a souri et m'a fait signe de la suivre.

Puis elle est partie, d'un pas de reine, sa robe traînant derrière elle, comme tu l'avais vue la première fois, à Tripoli, le dimanche de Pâques.

Je l'ai suivie mais soudain je l'ai vue s'éloigner du bateau et marcher sur la mer comme Notre Seigneur, sans qu'elle s'enfonce.

Elle s'est tournée alors vers moi, elle a ouvert les bras mais je n'ai pas osé m'avancer vers elle

Je suis resté accroché au bastingage sans oser la rejoindre et je pleurais de honte pour ma couardise

Au réveil, j'avais les yeux pleins de larmes et elle avait disparu.

LE PÈLERIN :

Calme-toi, Jaufré, ce n'est qu'un rêve mensonger

Tu n'es pas un lâche et tu as justement entrepris ce voyage pour aller rejoindre ta dame lointaine.

JAUFRÉ :

J'ai peur, Pèlerin, j'ai peur

Tu es la voix de la raison mais la peur n'écoute pas la voix de la raison

J'ai peur de ne pas la retrouver et j'ai peur de la retrouver

J'ai peur de disparaître en mer avant d'avoir atteint Tripoli et j'ai peur d'atteindre Tripoli

J'ai peur de mourir, Pèlerin, et j'ai peur de vivre, me comprends-tu ?

> *(Le jour se lève, mais la mer est de plus en plus agitée. Jaufré est cramponné au bastingage, livide.)*

JAUFRÉ *(à lui-même)* :

Je devrais être l'homme le plus heureux au monde,
Et je suis le plus désespéré…

> *(Une secousse. Il perd l'équilibre, et se redresse à grand-peine. Le chœur des compagnons s'en amuse.)*

LES COMPAGNONS EN CHŒUR :

On a connu des guerriers intrépides
Qui se jetaient dans la mêlée et offraient
leur corps
Aux lames de l'ennemi
Mais qui tremblaient en mer...
On a connu un roi puissant
Qui d'un regard faisait frémir comtes et
chevaliers
Qui, à la tête de ses troupes,
Savait franchir les déserts, les montagnes,
Mais qui tremblait en mer.

JAUFRÉ *(les écoutant non sans irritation, puis se tournant vers le Pèlerin)* :

Si nos compagnons savaient pourquoi
je tremble
Ils ne chanteraient pas ainsi.
Ce n'est pas la mer qui m'effraie...

> *(Le Pèlerin hoche la tête et ne dit rien.)*

JAUFRÉ :

Crois-tu qu'on lui a dit, Pèlerin ?
Crois-tu qu'on lui a dit que je venais à
Tripoli ?

Crois-tu qu'on lui a dit que je m'étais croisé?

LE PÈLERIN :

Ces choses se savent, oui.

J'ignore par quelle bouche, mais elles se savent, oui.

Moi qui parcours les mers et les royaumes

Chaque fois que j'apporte une nouvelle dans une ville

Quelqu'un avant moi l'a déjà apportée.

Certains prétendent que les secrets des hommes

Sont chuchotés à tout vent par les anges…

(Jaufré l'écoute à peine. Retombé dans la mélancolie, il reprend sa complainte.)

JAUFRÉ :

Je devrais être l'homme le plus heureux au monde,

Et je suis le plus désespéré…

Je devrais avoir hâte d'atteindre sa ville de Tripoli

Et je me surprends à supplier le Ciel qu'il n'y ait plus dans nos voiles le moindre souffle de vent.

Si, à cet instant, un génie sortait des flots pour me dire «Ordonne, Jaufré, et ton vœu sera exaucé!», je ne saurais quoi souhaiter.

Ai-je envie de voir devant moi la femme sans tache, et qu'elle me voie devant elle?

Aurai-je envie de chanter l'amour de loin, quand mes yeux la contempleront de près et que je guetterai chacun de ses battements de paupières, chacun de ses plissements de lèvres, chacun de ses soupirs?

Jamais je n'aurais dû m'embarquer pour cette traversée.

De loin, le soleil est lumière du ciel mais de près il est feu de l'enfer!

J'aurais dû me laisser bercer longtemps longtemps par sa clarté lointaine au lieu de venir me brûler!

J'étais l'Adam et l'éloignement était mon paradis terrestre

Pourquoi fallait-il que je marche vers l'arbre?

Pourquoi fallait-il que je tende la main vers le fruit?

Pourquoi fallait-il que je m'approche de l'étoile incandescente?

*(La mer semble de plus en plus agi-
tée. Le ciel est à la tempête. Jaufré
chancelle. Le Pèlerin le soutient et
l'aide à s'étendre.)*

CINQUIÈME ACTE

Le jardin de la Citadelle, à Tripoli.
Clémence scrute l'horizon marin. Et c'est
le chœur des femmes tripolitaines qui lui
apprendra la nouvelle qu'elle espère et
redoute à la fois.

LE CHŒUR DES TRIPOLITAINES *(plutôt qu'un vrai chant, une clameur passablement chaotique, des paroles désordonnées qui émergent au milieu des bruits du port et de ceux de la mer)* :

Comtesse, regardez !
Au port, sur le quai, le navire !
Il est là ! Il est là !
Ja' ! Ja' ! Ja' !
Les pèlerins, les fanions, le navire !
Le troubadour !
Là-bas, comtesse !
Le troubadour !
Au port, les croisés, le navire !
Lmina ! Lmarkab !
Ja' ! Ja' ! Ja' !
Le troubadour !
Il est là ! Il est là !

CLÉMENCE *(ayant fait taire tout ce vacarme)* :

Ainsi, il est venu
L'insensé !
Il n'a pas voulu demeurer l'ombre lointaine
L'étrange histoire que l'on colporte, la voix puissante que l'on imite
Il ne s'est pas contenté d'être poète et troubadour
Il est venu
L'insensé.

> *(La clameur reprend un moment, Clémence l'écoute un peu, puis la fait taire.)*

Ainsi, il est venu
L'insensé !
Le fou d'amour
Il a pris la mer
Pour me contempler telle que je suis
Et pour que je le contemple de toute sa taille d'homme
Pour que je voie bouger ses lèvres lorsqu'elles parlent de moi.
Devrais-je me montrer attentive, flattée, reconnaissante ?

Ou bien réticente, et feindre l'indifférence ?

Devrais-je demeurer lointaine, inaccessible ?

Ou, au contraire, me montrer proche ?

Comment se serait comportée la femme de ses chansons,

Celle qu'il appelle

Son amour de loin ?

Ainsi, il est venu

L'insensé !

(La clameur du chœur reprend une fois encore, brièvement, masquant les dernières paroles de la comtesse. Tandis que le Pèlerin arrive, d'un pas moins digne que d'ordinaire, et essoufflé.)

LE PÈLERIN :

Noble dame, je vous apporte une nouvelle
Une nouvelle qui vous déplaira.

CLÉMENCE *(s'imaginant qu'il s'apprête à lui annoncer l'arrivée du troubadour, elle se montre quelque peu badine et enjouée)* :

Pèlerin, laissez-moi juger seule de ce qui me déplaît ou ne me déplaît pas.

Il se peut que vos bonnes nouvelles m'attristent

Et que vos mauvaises nouvelles me remplissent de joie.

Il se peut aussi que toutes vos nouvelles me laissent indifférente.

Que vouliez-vous m'annoncer ?

LE PÈLERIN :

Il s'agit de Jaufré, Jaufré Rudel.

CLÉMENCE *(d'une voix qu'elle veut ferme, mais qui tremble)* :

Le troubadour ?

La nouvelle que vous m'apportez, je la connais déjà. Il s'est croisé, me dit-on, son navire vient d'accoster à Tripoli. Combien de jours restera-t-il ?

LE PÈLERIN :

Il ne s'agit pas de cela, noble dame,
Je venais vous dire
Qu'il se meurt.

CLÉMENCE :

Seigneur ! Ô Seigneur ! Seigneur ! Seigneur !

LE PÈLERIN :

Il est tombé malade en mer, et ne s'est plus réveillé. Il s'échappe hors de ce monde et vous seule pourriez encore le retenir.

CLÉMENCE :

Où est-il ?

LE PÈLERIN :

Dans un moment, il sera ici.

CLÉMENCE *(un peu rassurée, et déjà sur ses gardes)* :

S'il peut monter jusqu'à la Citadelle
C'est qu'il n'est pas aussi mal que vous le dites.

LE PÈLERIN :

Quatre hommes le portent sur une civière,
Les voilà, d'ailleurs, ils arrivent.

> *(Jaufré arrive effectivement, porté par quatre de ses compagnons. Il a perdu connaissance, mais sous le regard de Clémence, il reprend lentement ses esprits.)*

JAUFRÉ :

C'est vous, c'est vous, c'est vous
Je vous aurais reconnue entre toutes les femmes.

CLÉMENCE *(se penchant un peu au-dessus de lui)* :

Comment vous sentez-vous ?

JAUFRÉ :

Heureux… *(il le dit avec tant de douleur !)*
Heureux comme peut l'être un homme dont le sort ne vous est pas indifférent.

CLÉMENCE *(prenant le Pèlerin à part)* :

Que dit le médecin arabe ?

LE PÈLERIN :

Il dit qu'il vivra tout au plus jusqu'à l'aube.

CLÉMENCE :

Mon Dieu !

JAUFRÉ :

Ne chuchotez pas, je n'ignore rien de
mon état.

Les médecins peuvent mentir pour ras-
surer le mourant

Les hoquets du cœur ne mentent pas.

CLÉMENCE *(prenant sa main dans les siennes, et
se voulant rassurante)* :

Il est possible que Notre Seigneur ne
veuille pas encore vous arracher à ceux
qui vous entourent.

JAUFRÉ :

N'abusons pas des bontés du Ciel !

Je lui ai demandé la grâce de vous voir
une fois avant de mourir, et vous voilà
devant moi

La dernière image que je garderai de ce
monde est celle de votre visage et de vos
yeux qui m'embrassent.

La dernière voix que j'aurai entendue,
c'est la vôtre, qui cherche à m'apaiser,

La dernière sensation de mon corps de
mortel, c'est ma main épuisée qui s'endort
dans le creux de la vôtre.

Que demander de plus au Ciel ? Même si je vivais encore cent ans, comment pourrais-je connaître une joie plus entière ?

LES COMPAGNONS EN CHŒUR :

Maudit soit l'amour
Lorsqu'il nous fait mépriser l'existence
Maudit soit l'amour
Lorsqu'il trahit la vie et se fait l'allié de la mort.

JAUFRÉ *(qui se soulève de colère, puis retombe aussitôt épuisé)* :

Ne maudissez pas l'amour, compagnons,
C'est lui qui nous donne nos joies
Pourquoi n'aurait-il pas le droit de les reprendre ?
Ce n'est jamais l'amour qui est indigne, c'est nous qui sommes parfois indignes de l'amour.
Ce n'est jamais l'amour qui nous trahit, c'est nous qui trahissons l'amour.

CLÉMENCE :

J'aurais tant voulu être poétesse pour vous répondre avec des mots aussi beaux que les vôtres.

JAUFRÉ :

Vous êtes la beauté et je ne suis que
l'étang où la beauté se mire…

CLÉMENCE :

Il est une chose que je pensais garder
longtemps en moi,
Mais si je ne la disais pas aujourd'hui
même, je crains de ne plus jamais pouvoir
vous la dire.
Vos chansons, je me les récitais le soir,
toute seule, dans ma chambre,
Et je pleurais de bonheur.

JAUFRÉ :

Si mes chansons étaient belles, c'est
parce que mon amour était pur, et parce
que l'objet de mon amour est si beau.
Mais vous êtes encore mille fois plus
rayonnante et mille fois plus douce que je
ne l'imaginais. Si j'avais pu vous contempler, j'aurais trouvé des paroles bien plus
belles, et une musique qui pénètre l'âme.
Et je vous aurais aimée encore davan-
tage.

CLÉMENCE :

Moi aussi, si nous nous étions rencontrés, je vous aurais aimé.

JAUFRÉ :

Autant que je vous aime ?

CLÉMENCE :

Autant que vous m'aimez.

JAUFRÉ :

Vous auriez pu dire : je vous aime, Jaufré ?

CLÉMENCE :

J'aurais pu dire : oui, je vous aime, Jaufré.

JAUFRÉ *(la tête en arrière, le regard vers le ciel)* :

Seigneur, pardonnez-moi, j'ai de nouveau envie de vivre !

> *(Il a une convulsion, et Clémence le prend dans ses bras.)*

JAUFRÉ :

Seigneur, si je pouvais rester ainsi quelques moments, quelques moments de plus,

Si je pouvais revivre un peu, un peu seulement.

Mon amour qui était loin est maintenant près de moi, mon corps est dans ses bras et je respire le parfum le plus doux.

Si la mort pouvait attendre au-dehors au lieu de me secouer ainsi, impatiente.

LE PÈLERIN :

Mais si la mort n'était pas aussi proche, Jaufré,

La femme que tu aimes ne serait pas en cet instant auprès de toi, à t'enlacer.

L'air que tu respires ne serait pas imprégné de son parfum,

Et elle ne t'aurait pas dit «je t'aime, Jaufré».

CLÉMENCE :

Je t'aime, Jaufré, et je voudrais tant que tu vives.

JAUFRÉ :

Si jamais le Ciel me guérissait,
Me prendrais-tu par la main pour me
conduire jusqu'à ta chambre ?

CLÉMENCE :

Oui, Jaufré, si le Ciel dans sa bonté
voulait bien te guérir, je te prendrais par la
main pour te conduire jusqu'à ma chambre.

JAUFRÉ :

Et je m'étendrais près de toi ?

CLÉMENCE :

Et tu t'étendrais près de moi…

JAUFRÉ :

Et tu poserais la tête sur mon épaule ?

CLÉMENCE :

Ma tête sur ton épaule…

JAUFRÉ :

Ton visage tourné vers le mien, tes lèvres
près des miennes…

CLÉMENCE :

Mes lèvres près des tiennes…

(Leurs lèvres se frôlent.)

JAUFRÉ :

En cet instant, j'ai tout ce que je désire.
Que demander encore à la vie ?

*(Son corps se ramollit et s'affaisse.
Il ne bouge plus. Clémence demeure
un moment contre lui, la tête posée
sur son épaule. Puis elle se lève
pour une prière.)*

CLÉMENCE *(accompagnée à certains moments
par le chœur rassemblé)* :

J'espère encore, mon Dieu, j'espère
encore.
Les anciennes divinités pouvaient être
cruelles, mais pas toi, pas toi, mon Dieu,
Tu es bonté et compassion, tu es misé-
ricorde
J'espère encore, mon Dieu, j'espère
encore *(chœur)*.
Ce mortel ne porte dans son cœur que
l'amour le plus pur,

85

Il fait offrande de sa vie à une inconnue lointaine et se contente d'obtenir en échange un sourire

Il remercie le Ciel du peu qu'on lui accorde, et ne demande rien.

Si avec un être tel que lui, tu n'es pas généreux, Seigneur, avec qui le seras-tu ?

(Le Pèlerin, pendant ce temps, se penche sur Jaufré, pour découvrir qu'il ne respire plus. À Clémence qui l'interroge du regard, il fait signe que tout est fini. Elle se penche alors au-dessus de son amoureux et se met à le caresser comme un enfant endormi. Peu à peu, sa tristesse cède la place à la rage, à la révolte. Elle se lève et lance vers le Ciel un poing vengeur.)

CLÉMENCE :

J'avais cru en toi, j'avais espéré, mon Dieu

Qu'avec un être si généreux tu te montrerais plus généreux encore,

J'avais cru en toi, j'avais espéré, mon Dieu

Qu'avec un être aussi aimant tu te montrerais plus capable d'amour encore

Que tu nous accorderais un instant, juste un instant de vrai bonheur

Sans souffrance, sans maladie, sans la mort qui s'approche

Un court moment de bonheur simple, était-ce trop ?

LE CHŒUR RASSEMBLÉ :

Tais-toi, femme, ta passion t'égare
Tais-toi, femme, silence !

CLÉMENCE :

De quoi as-tu voulu le punir ?

De m'avoir appelée déesse ?

De s'être prétendu croisé, comme s'il partait se battre contre les Infidèles, alors que c'est moi qu'il venait retrouver ?

Se pourrait-il que tu sois jaloux du fragile bonheur des hommes ?

LE CHŒUR RASSEMBLÉ :

Tais-toi, femme, ta passion t'égare
Tais-toi, femme, silence !

LE CHŒUR DES TRIPOLITAINES :

Voudrais-tu attirer sur notre ville le malheur et la malédiction ?

Voudrais-tu que la mer se déchaîne, que les vagues sautent par-dessus les murailles pour engloutir nos maisons et noyer nos enfants ?

LES COMPAGNONS EN CHŒUR :

Voudrais-tu attirer sur nous tous le châtiment de Dieu ?

Pour qu'Il nous abandonne en pleine mer quand la tempête fera rage ?

Pour qu'Il nous abandonne en pleine bataille quand nos ennemis seront lancés contre nous ?

LE CHŒUR RASSEMBLÉ :

Tais-toi, femme, ta passion t'égare
Tais-toi, femme, silence !

CLÉMENCE (*errant sur scène dans son ample robe blanche comme un voilier malmené par le vent*) :

Jaufré croyait venir vers moi, et il a rencontré la Mort.

Se peut-il que ma beauté soit l'appât de la Mort ?

Il a cru voir en moi la Clarté, et je n'étais que la gardienne des Ténèbres !

Comment pourrais-je encore aimer ?

Comment pourrais-je dévoiler mon corps ?

Ouvrir mon sein au regard d'un amant ?

LE PÈLERIN *(affecté par le sort de son ami, mais plus retenu que Clémence, il manifeste lui aussi son remords. Ce n'est pas un dialogue, ce sont deux monologues parallèles, les yeux au ciel)* :

Et moi, Seigneur, pourquoi m'as-Tu choisi pour cette tâche ?

D'une rive à l'autre, d'une confidence à l'autre,

Je croyais tisser les fils blancs d'une robe de mariée,

À mon insu je tissais l'étoffe d'un linceul !

> *(Il s'éloigne comme un ange déchu, ou bien s'immobilise comme une statue de sel.)*

CLÉMENCE :

Je ne mérite plus d'être aimée

Je ne mérite plus d'être chantée par un poète

Ni serrée contre une épaule d'homme, ni caressée.

Demain, après les funérailles, je prendrai le deuil.

Je porterai une robe de laine épaisse et j'irai me cacher

Sous le toit d'un couvent

D'où je ne sortirai plus ni vivante ni morte.

Je suis veuve d'un homme qui ne m'a pas connue

Et jamais aucun homme ne creusera mon lit.

(Comme si elle était déjà au couvent, elle s'agenouille, et se met à prier, d'abord en silence, puis à voix haute, tournée vers le corps inerte de son amant, qui apparaît comme un autel, si bien qu'on ne sait pas trop si c'est lui qu'elle prie ou le Dieu contre lequel elle s'était révoltée. D'autant que les paroles qu'elle prononce sont ambiguës.)

CLÉMENCE :

Si tu t'appelles Amour je n'adore que toi, Seigneur

Si tu t'appelles Bonté je n'adore que toi,
Si tu t'appelles Pardon je n'adore que toi, Seigneur,
Si tu t'appelles Passion, je n'adore que toi.
Ma prière s'élève vers toi qui es si loin de moi maintenant,
Vers toi qui es si loin
Pardonne-moi d'avoir douté de ton amour,
Pardonne-moi d'avoir douté de toi !
Toi qui as donné ta vie pour moi
Pardonne-moi d'avoir douté de ton amour,
Pardonne-moi d'être restée si lointaine
À présent c'est toi qui es loin
Es-tu encore là pour écouter ma prière ?
À présent c'est toi qui es loin
À présent c'est toi l'amour de loin
Seigneur, Seigneur, c'est toi l'amour,
C'est toi l'amour de loin…

(*Rideau*)

Table

Du même auteur :

Aux éditions Grasset

LE PREMIER SIÈCLE APRÈS BÉATRICE, 1992.

LE ROCHER DE TANIOS, 1993 (Prix Goncourt).

LES ÉCHELLES DU LEVANT, 1996.

LES IDENTITÉS MEURTRIÈRES, 1998.

LE PÉRIPLE DE BALDASSARE, 2000.

ORIGINES, 2004.

ADRIANA MATER, 2006.

LE DÉRÈGLEMENT DU MONDE, 2009.

LES DÉSORIENTÉS, 2012.

Aux éditions Jean-Claude Lattès

LES CROISADES VUES PAR LES ARABES, 1983.

LÉON L'AFRICAIN, 1986.

SAMARCANDE, 1988 (Prix des Maisons de la presse) ;
    nouvelle éd. 2013.

LES JARDINS DE LUMIÈRE, 1991.

Le Livre de Poche s'engage pour
l'environnement en réduisant
l'empreinte carbone de ses livres.
Celle de cet exemplaire est de :
200 g éq. CO$_2$
Rendez-vous sur
www.livredepoche-durable.fr

PAPIER À BASE DE
FIBRES CERTIFIÉES

Composition réalisée par INTERLIGNE

Achevé d'imprimer en mai 2014 en Espagne par
Black Print CPI Iberica, S.L.
Sant Andreu de la Barca (08740)
Dépôt légal 1re publication : avril 2004
Édition 10 – mai 2014
LIBRAIRIE GÉNÉRALE FRANÇAISE – 31, rue de Fleurus – 75278 Paris Cedex 06

30/3091/3